어초장

지혜사랑 282

어초장

탁경자 시집

지혜

자서

바람일 뿐
나는 없다
다만,
내가 존재하는 것은
너를 통하여
내가 있기 때문이다

차례

1부

2부

3부

4부

1부

詩

오늘은 그렇더라

너를 만나기 위하여
처음 문밖으로 나섰던 길이

울타리 너머 첫 모퉁이 돌면
쉬 만날 수 있을까
순한 풀밭 같은 마음에
빗장 열고 나섰던 그 길이

오늘은 그렇더라

보일 듯 아니 보일 듯
너는 구불구불
너무 멀리 있었고
불현듯 바람이 불 때마다
내 길이 아닌 듯 싶어

돌아오고 싶더라
울고 싶더라

선운사에서

저쯤
2월의 잔설을 끌고
산길을 내려오는 스님을 보았네
적막을 밀치고 오는 고랑 깊은
맑은 눈빛 속에서

동백이 피는지
동백이 지는지
숲이 후드득 흔들리는데

얼굴 붉어져
외면하는 옆으로
젊은 스님 합장하고 가네
선운사 숲 통째로
고요의 탑을 쌓아 놓고

선운사 꽃 피기도 전
툭툭 꽃 지는 소리로 울리고

독감

봄바람이 저리 가볍게
흔들고 있는 꽃잎 좀 보랑께
긴 냉 서리 독을 뽑아내고 핀
저 꽃 얼매나 힘 들었을껴

내 몸에도 겨울부터 고것이
그렇게 독을 품고
이리저리 뒤지고 다닐 줄이야
고만고만 뿌리를 내릴 때도 난 몰랐제

한 번 독기를 품고 있다가 품어대니
막을 길이 없더라고

지도 봄인 줄 알고
독하게 피워보고 싶었던지
밤새 숨통이 끊어질 뻔 했제

독을 뽑아낸다는 거시 징하고 징하당게
몇 번 링거를 꽂고
그 독 달래고 낭께
몸이 훨 가벼워 지더라고

>
그니, 저기 저 꽃도 겨울새고 오니라
얼매나 힘 들었을껴

섬유근육통

낯선 길에서 길을 잃은
혼란스러움
병원에서 알게 된 낯선 병명
알약만큼 흐릿한 세월을
약봉지에 넣고 걸어오는데
뭉클한 소리들 목을 조인다
혈관이 좁아지고 있다고,
내 몸속 울음의 부리들
심장을 찔러대도
그냥 꾹꾹 눌러 두었던 것이
길을 잃고 점점 좁아졌나 보다
무관심으로 경직된 몸 어딘가
가시덩쿨이 자라고 있는지
목구멍이 자꾸 깔끄럽다
처방전을 펼쳐보니
알 수 없는 기호들이
나를 빤히 올려다 본다
약을 먹는다
밭고랑 잃지 않기 위하여
묵정밭 부지런히 일궈야 하겠다

못

달빛이 물 표면을 밤새 훑는다
윤슬에 찔린 연못이
신음을 내며 앓는 달밤
가끔씩 달빛으로 찾아와
연못에 못질을 하고
족적도 없이 사라지는 삽시간만
밤바람에 들통난다
고통의 덩어리가 모이면
연못이 만들어진다
제 상처를 조용히 닦으며
물의 안쪽으로 서서히 파고든다
물무늬의 유전자처럼
파문을 치며 울고 싶은 못
나무의 나이테를 닮은 못의 몸부림
못의 울음이 밤새도록
물 표면에 떠 있다

애월에서

찬 해풍에도 뿌리를 내리고
첫사랑 같이 버텨온 해녀를 닮은 문주란
바람에 길이 들은 오랜 상처 자국에
밤새 달빛이 손을 얹고 있다

신화로 물든 밤은 짧아지고
적요가 천혜향처럼 서서히 번지는 애월

애월에서 가만 애월, 하고 부르면
달이 물소리로 대답하며
애월이처럼 올 것 같기도 하다
파도에 젖은 달빛에게
안부를 물어보는 애월의 밤
달이 친 그물 사이로 흰 그림자가 빠져 나간다

구찌의 눈물

울란바토르쯤에서 왔을까

쏟아지는 별밭
푸른 초원의 높새바람을 떠나와
누군가를 오래도록 부르고 있는
외로운 짐승의 울음 냄새

바람의 말과 유숙했던
차강노르에 선혈을 쏟고
이방이 된 가죽

신이 준 운명을 따라
다시는 돌아갈 수 없는 곳이 된다

누가 이 섧은 적막의
눈물을 받아 줄 수 있는가

피렌체를 지나
욕망으로 채워진 샹들리에 불빛 아래서
이곳,
노숙하는 별이 된다

연서

이쯤에서 잊자
이쯤에서 놓자
노을에게 무수히도 쓴 말

그 빛깔이 송두리째
산 능선으로 넘어갈 때쯤
그대에게서
벗어나고자 했던 슬픔이
붉게 번진다

보냈다 생각하고
속 울음 삼키고 돌아오는 길
어둠이 조금씩 조금씩
그대의 그림자를 지우고 있다

어초장*

달이 섬진강
은어 떼를 몰고 오면
강가에서
시의 추를 던지며
별을 낚는다

그 별 손바닥에 올려
心자를 심으면
만장의 문장들이
서정의 잎새로 그늘 쳐 오고
민초들의 노래가 돌고 돌아
뻐꾹새 피울음으로
능선을 타고 넘어오는
지필묵 잃은 어초장

언제쯤 벗어 놓고 갔나
섬돌 위 밑창 닳은 신발 위로
솔바람 타고 온 새들이
한 그림자를 스치며 간다

* 송수권 시인의 집필실

밥그릇 무덤

반듯하게 다듬어진 능이
밥그릇처럼 엎어져 있다
비석에 새겨진 이름이
이승과 저승의 끈인 듯 싶다가 스쳐,

산길 내려오다 마주친
낮게 엎드린 봉분 하나
어느 대감 집 머슴이었을까
갈라진 등짝 위로 거칠게 벗겨진 흙
이빨 빠진 그릇처럼
숭숭 뚫린 구멍도 보인다

낮은 별이 들어와 보이는 저녁에는
슬픔이 뼈를 베고 누워 있던 어둠이 일어나
뒤우뚱 걸음으로 별빛 속 산책도 다니다
고요와 더불어 숲속에서 절뚝거린다

무덤을 지키고 있는 할미꽃
바람을 붙들고 등을 편다
아마도 슬픈 육자배기 몇 자락 부를 듯싶다
산막이 천천히 귀를 연다

수선화

가만히 보면
꽃이 자기들끼리
꽃을 피우고 있는 것이 아니다
새벽 강가에서
꽃을 깨우고 있는 것은 새떼다
새떼가 어둠에 키를 꽂고
햇살을 사방으로 풀어 놓고 있는 거다
수런수런 번지며
새벽을 수선하고 있는 수선화
꽃이 세상을 피우고 있는 거다

석류나무 관절통을 앓다

붉은 입술이 웃음을 흘렸을까

어떤 날 담 너머로 낭창하게 뻗어 있던
꽃불에 꼬드김을 당했는지
지나가던 아저씨가 마당으로 들어와
저 석류나무를 파시오 하고
거금을 들먹거렸을 때
저것은 내 자슥이요 하고
단번에 거절했다는 어머니

잔가지 다듬어 주고 보약으로 키우다
알알이 붉은 눈빛 심어 두고 떠나간 후

홀로 선 석류나무 그늘 아래는
벌레집이 늘었다
층층 거미줄에 포위되어 가는 그 무렵부터
어머니 무릎처럼 마디마디 관절통을 앓는지
신음소리가 낭자했다

낡은 집

일 년이면 달이 두어 번 대문을 열고 오는
밤이 있었다
저만치 당고모 그림자를 몰고 오는 달빛

저녁이면
흰밥이 따순 고봉으로 나오기까지
전 지지는 구수한 냄새와
숯불 위에 굽는 생선 냄새가
여럿 담을 타고 넘나들었다
고샅길을 쓸고
밤이 깊어 아이들끼리 북적이다 조는 시간
먼 곳에서 온 달그림자에
두 손 받쳐 들고 맑은 술잔을 올리며
절을 하던 일가친척들

밤은 따스하게 북두칠성 쪽으로 기울어 갔다

어느 날부터인지
관절통처럼 앓다가
서서히 그늘 드리워진 당고모 집
고양이가 물어다 흘린 뼈들이
소문처럼 쌓여 있었고

늙은 감나무 아래는
홍시로 떨어진 이름들이
달빛을 누르며 누워 있는 외진 밤이었다

불면증

누군가 나에게 물었네
거미줄로 감아 놓은 어둔 시간을
어떻게 풀고 왔냐고
심해의 어둔 바닷속을
어떻게 헤엄쳐 왔느냐고 묻는 것만 같았네

소금물을 마시고 사는
나는 물고기였다네

비릿한 밤을 유영하듯 붙잡고
상처가 덧나지 않게 비늘로 감싸 안은 채
얼룩진 바닷속
그 안에서
밤새,
눈물도 없이 눈을 뜨고 있는

당신

점점 속도를 잃어 가는 당신
귓속에서 말의 씨들이 흩어져
모래알로 서걱거리고

때로는 홀로 긁힌 상처에 붕대를 감으며
가족의 흙 묻은 발바닥을 닦다
당신의 손바닥은 아무도 모르게
거칠게 닳았습니다

바람이 조금씩 빠져나가는 몸
만약 당신의 안이 뭉개져
어두워졌을 때
어둠이 그 곁으로 날름거린다면
나는 단숨에 그 끈을 잘라버릴 거예요

가장 깊숙한 곳에서 가장 중심이 되어

꽃 피우는 일에 최선을 다한 당신
곁에 잎들이 푸르게 일어나
당신의 숨소리를 포옹합니다

그녀의 항아리

수심이 깊은 수백 개의 항아리를 안고 사는
그녀가 허리를 펴고 돌아보면
손맛 나는 묵은 길 끝에는
간이 밴 짠 물이 고여 있다

긴 날을 장독에 갇혀
간장 된장 고추장에 숨을 넣을 때면
항아리 안에서는 묵은 세월이
소금꽃으로 피어 있고

장맛이 가문의 음식 맛을 좌우한다는
서릿발 같은 시어머니의 말에
밥상 위 모든 세포들을 깨워
집의 기운을 돋아야 했다

된장국 취나물 냉이나물이
상 위에서 돋아나
몸 속 여러 가지 품격을 키운다

깨지기 쉬운 항아리를 닮은 그녀
장맛을 붙들고 우려낸 시간의 길이가
낡은 앞치마 앞에

장인이라는 명패를 달고
허리를 굽혔다 폈다
몸을 치유하는 약을 조제하고 있다

상수리나무에 바람이 불면

바람이 후두둑 발소리를 낼 때마다
상수리나무 옷을 벗습니다

헐렁해진 몸 사이를 빠져나온 나뭇잎
그늘진 이야기로 쌓여만 갑니다
울컥 뱉어내지 못한 속내 같은
옹이진 말
바람을 핑계 삼아 털어 내고 있는 중일까요

누구는 입 다문 채 떨어지고
누구는 소리치며 떨어지는 입

나도 한 번쯤
나무껍질처럼 겹겹이 가려진
그늘 속의 말들
훌훌 털어 내고 싶습니다

바람을 핑계 삼아
상수리나무 바람이 불 때면
당신께 묻고 싶을 때 있습니다

2부

물집

백석동 사거리 십자가가 보이는
신호등 앞에서 아버지를 보았다
멀고 먼 사막의 길을 걸어오셨는지
늙은 낙타의 굽은 등 같은 굳은 얼굴이
기댄 지팡이 사이로 잠깐 흔들렸다
화들짝 두근거림으로
바쁘게 가 닿은
십 초 사이의 거리
파란 신호등 안으로 걸어가시는 느린 걸음은
다른 누군가의 그림자에 불과하지만
그림자 밖으로 흘러나온
귀에 익은 잔기침 소리가 이명처럼 들렸다
잔잔하게 파도쳐 오는 물집이 터졌다
아버지가 계신 산막에서
들려오는 뻐꾹새 울음소리가
신음하는 가을 햇빛에 터지는 듯 맴돌았다

바다의 노인

낮부터 시작한 갯일이
해지는 저녁까지 끝나지 않는
내일까지 먼바다를 가기 위해
그물에 추를 달고 있었다

소금기에 젖어야 핏줄이 일어선다는 노인
오래전 심장에 박힌 거센 파도가
가슴에 뿌려 놓은 소금밭에서
바다의 뿌리로 꿈틀거렸다

내일은 흑산도로 갈 참이여
내 피에는 바다가 들어 있어서
한 번 소금 맛을 보면 벗어날 수가 없지

물때의 흐름을 손금 보듯 아는
그물망 안에서
바다를 밀었다 끌어 올리는 손으로
만선의 집을 지었다가
파도가 다시 허물어 버리고 가도
상처에는 최고의 약이 바닷물이라는 것을
그는 알고 있었다

\>

그물을 손질하고 있는 노인의 팔뚝에서
땀이 자벌레처럼 꿈틀거렸다

도라지꽃

피아골 정찰 떠난 지아비
지리산 골바람에라도 전통을 넣을까
달이 초가지붕에 차게 걸려 있는 밤

열꽃으로 핀 한살박이 아들을
산기슭에 묻고
달빛이 출렁이도록 우는 울음이
새색시 붉은 젖에 꽃물로 번져

밤마다 문창에서는
문풍지가 파르르 떨었다

독을 깨다

여주에 가면
도자기 깨는 축제가 있다

흙으로 태어나
뜨거운 불덩이 속을 드나들며
잘 다듬어진 분청사기로 태어나기를
간절했던 열기가
허공에 뾰족한 날을 세우고 있다

누구인가 품었던 독 깨뜨리고
누구인가 재미 삼아 독 깨뜨리는

돌아가는 자 뒤로
구겨진 사직서를
가슴에 품고 다니는 남자가
한 가마의 독을 망치로 깨고 있다
헐렁한 바지 사이로
품고 온 독 산산이 흩어져
깨진 햇살 속으로 사라진다

깨져 있는 도자기들의 파편 속에는
추락하는 수천 개의 날개가 숨어 있다

틈

재건축 아파트를 지나오는데
한 몸으로 붙어 있는 시멘트벽에서
틈 벌어지는 소리가 들린다
삐걱거림이 빠져나와 웅웅거린다
오래된 뼈대들 서로 붙들고 있다가
지친 듯 슬 밀어내고 있다
허공을 붙들고 있는 위태로운 그림자와
우편함에 꽂혀 있는 빛바랜 고지서들
수취인 불명의 편지들이 어둠으로 왔다 가며
무수하게 긁어댄 상처가
낡은 담 사이를 넘어간다
등 맞대고 함께 산다는 것은
거미줄처럼 벌어진 틈 사이를 붙잡고
서로 바라보는 것일까
늦은 햇살이 틈으로 스며드는
재건축 아파트의 오후
틈에서 고개를 내민 민들레가
가난을 꽃 피우고 있다
갈라진 상처를 다독이고 있다

도마

그늘진 곳간에서
해묵은 박달나무 도마를 찾았다
잊혀진 시간 밖으로
밀려 나버린 낡은 도마
후미진 그늘에 영정사진처럼
조용한 미소로 누워 있다
오래된 몸 쓰다듬어 보니
여전히 온기가 남아 있는 도마
쇠잔한 촉 낮은 전깃불 아래서
싹둑싹둑 썰었을 김치 국물 밴 안쪽과
괜한 푸념을 내리쳤을 뒤쪽에서
어머니 깊이 파인 칼자국이 보인다
무성한 생채기 속으로
땀 냄새 섞인 거룩한 밥상도 보인다
도마 따라 걸어간 어머니
맨몸으로 견디어낸 무늬처럼
작고도 견고하다

불새

팔에 새겨진 문신이
이력서 같다는 생각이 들었을 때
그에게서 불 냄새가 났다

철들의 골절을 붙이는 용접공인 그가
고층 외줄에 앉아 있다
부화되지 않는 거대한 알이
불 안에 갇혀 있다
마그마가 흐르는 가스 불을 댕길 때마다
불의 심장에서 떨어져 나온
한 세월의 불꽃이 우직한 팔다리에
붉은 점을 찍는 날에는
짧은 울음소리가
허공에 꼬리를 달고 사라진다
하루해가 빌딩 숲으로 빠져 나가자
흥건해진 땀을 딛고 바닥에 서면

불새가 되지 못한
날지 못한 새가 비틀거린다

시의 물에 빠진 파리

요기쯤 왔다가
도망가는 저것
붙잡아라 붙잡아라
시를 고민하다 시안을 더듬고 있는
물푸레나무를 생각하는 저녁*
어느 길을 따라 왔는지
파리 한 마리 슬포시 앉는다
훠어이 훠어이 저어도 다시 날아와
물푸레나무 가지로 앉는다
한 영혼이 날아와 어떤 슬픔을 물고
물푸레 푸르슴한 그늘 안으로
물들고 싶어 온 것일까
책장을 넘길 때마다
올랐다 내려왔다 하는 품새가 나비 같다
생각에 열중하다 툭,
바닥으로 떨어진 시집
펼쳐보니
물푸레나무 그늘을 나오지 못하고
시의 물에 빠져 있는 파리

시를 읽다
시를 쓰다

죽어도 좋을

거푸집

그의 핸드폰 안에는 거미줄로 지어진
낯선 집 한 채가 있다
거기에는 비밀의 커튼이 있는지
이따금 그물 치는 소리가
쉰 살의 촉수 속으로 숨어든다
그물을 짜다 촉수에 걸려 넘어진 무당거미
허공에 오체투지를 하며 파동을 친다
단단했던 울타리가 기웃뚱 거린다
파동과 파동 사이 그 허술함 안에서
쉰 살의 곰삭은 나이는
오뚝이처럼 일어나 흐트러진 울타리를
다시 수리한다
노을 안으로 정교하게
선을 긋는 거미줄
이쪽보다 먼 저쪽의 줄을 끌어와
무당거미가 옴파로스를 굴리듯
오밀조밀한 비밀을 엮는다
핸드폰이 울릴 때마다
아슬하게 출렁이는 쉰 살의 거미줄

사랑도 저만큼은

베란다 14층 밖에서
채송화꽃 피워내고 있다
찬서리에 앙다물었던 꽃잎들이 아침이면
허공에 수직을 붙들고
피워내는 저 힘
놀라워라, 가만히 보니
봄부터 채송화 곁을
오르락내리락 거리며 날더니
꽃 속에 침을 박고
당당히 나오는 줄무늬 감탕벌 한 마리

부르르 떨었을 저 작은 날갯짓 속으로
시들어 가는 꽃잎이 뜨거워지고 있다

까만 자루 속에
턱을 괴고 앉아 있는 씨앗들
익은 꼬투리 툭, 터트린다

화르르 쏟아지는 밀알들
14층 높이만큼 사랑이 지고 있다

폐업

음봉면 저수지 곁으로 온
붕어 매운탕 집 한 채
밤늦게까지 그물을 건져 올리며
매운맛으로 세상을 살아보겠다고
팔뚝에 불끈 뚝심을 심던 남자
매운맛이 식어버렸는지
간판에 불이 꺼져 있다

문을 닫습니다
밥줄이 끊긴 밧줄에 걸려 있는
쌓인 고지서들이 쏟아져
얼어붙은 바닥에 떨고 있다

저수지에도
겨울의 하얀 셔터가 내려진다
근심이 수면 아래로 내려앉는다
얼음에 잠긴 버드나무는
새 간판을 구상 중인 듯
손을 들고 하늘을 받치고 있다

불 꺼진 간판이 폐업을 알리는
저수지 매운탕 집이 저물어 간다

행운목

천천히 피거라
다칠라
노구를 끌고 꽃대궁 올리는 가쁜 숨
어느 해 밭둑에 버려져 있던
다섯 뼘의 몸통
누가 흘리고 갔을까
공손히 받아와
그때부터 식구가 되어
삼십 년 동거의 시간
평생 한 번만 꽃 피운다는 속설
아니야 아니야 고개를 저으며
피우고 번져주고
올해도
밤새 신열을 쏟으며
행운을 해산하고 있는 너

덤

작심하면 뻘겋게 달아오르는 성깔
고추는 매워야 제맛이라지
청양 오일장 30년 지기 말뚝 힘으로
한 자리에서 오지게 버티고 있는 이 남자

말복 꼬리를 물고 쏟아지는
땡볕 아래서
등줄기를 타고 흐르는 땀을 닦으며
오일장 맛은 덤으로 주는 손맛이라며
풋고추 붉은 고추 위에 입심까지 꾹꾹 눌러
한 움큼씩 정으로 얹어 주는 손

정으로 받아든 고추들은
검은 비닐봉지 안에서 저마다 귀를 세우고
꽁냥꽁냥 오일장의 계산법으로 남아 있어

할머니 아줌마 입담 출렁에도
고추 장사라면 나를 따라올 사람 없다고
시장을 거뜬히 붙들고 사는 이 남자
목청 장단 소리가
한여름 매운맛으로 익어간다

수요일의 이팝나무

떠다니는 것은 모두 그림자다
눈물에서 소금기를 뺀 물방울이다

꽃들이 기침을 하지만 처방이 없어
허공의 벽을 닦을 수 없는 봄
대전역 모퉁이
고비 고비를 넘지 못한
한 사내의 구부린 등에서
낙타 울음소리가
불안한 주문으로 날리고
엎드러져 있는 손바닥이
파리하다
어제는 술병 안으로 천 개의 슬픔을
밀어 넣었을 입
천근의 무게만큼 뱉어내는 기침 사이로
기억의 탑은 무너져 내린다

한때 도시의 빌딩을 움켜쥐고
중심이 되고 싶었던
그의 어깨 위로

떨어진 이팝꽃이
통증 같은 문신으로 피어 있다

청풍댁

시간이 약이라지만
절대 지워지지 않는 멍이 든 단지
신랑이 노름하다
밤에 와서 술 단지 털어 갈 때
어린 아들은 병에 죽어 갔다

동동주 밥알 같이
속내가 부글부글 삭아져 내리면
낮술에 다리가 꼬여 휘청이었는데

누구는 술이 독이라지만
술이라는 독이 없으면 살아갈 수 없었던
질긴 끈 같은 세월이 지나자
눈물에 익은 술은 삶의 동앗줄이 되었다

구구절절 빚어 담근 구절초주
구절초 주가 있습니다
골목 어귀에 세워 놓은
비뚤어진 아홉 글자의 나무 간판에
구절초 꽃씨가 따숩게 박혀
청풍댁 저문 저녁 가을 길에
꽃, 술, 향이 뚜껑을 연다

섬진강

달을 따라
그대 여기까지 왔나요
거길 두고서

팽팽하게 펼쳐진 하얀 모래톱
저문 강에 은어 떼 옷 벗는 소리
매화는 층층이 그리움을 피우고
굽이굽이 흐르는 강줄기 따라
달을 따라온 그대

타향 봄밤은 서러워 젖어 오고
누군가가 거기서 천년을 기다린다는

섬진강
그 안에서
그대 자꾸만 부풀어 오른다는데,

거미줄

허공에 걸려 있는 무당벌레
꽃무덤 하나가
그물 사이로 가볍게 흔들린다

그 무게를 잡고 일어서려는지
깨알 같이 기어나오는
거미 새끼들의 움직임

꿈틀꿈틀

일렬로 줄을 서더니
허공에 조사를 올리며
무당벌레 꽃무덤 앞에서
절을 하고 있다

3부

동행

무뚝뚝한 아버지의 웃음 끈을
자주 고무줄처럼 늘려 주었던
복돌이가 집을 나갔다

아버지가 지어준 이름표를 달고
수수께끼 같은 의구심을 쏟아 놓고는
다시는 돌아오지 않았다

마당에 풀들이 귀를 쫑긋이 하고
대문을 오래도록 열어 두는 오후
빈 밥그릇 안으로 잠깐인 듯 꼬리를 살랑이다
햇살 틈 사이로 빠져 나가버린 귀욤이
복돌이 참 고놈이 고놈이
헛기침을 몇 번이고 허공에 부려 놓고는

그해 여름 아버지는
병원에서 끝내 돌아오지 못했다

바싹 마른 웅얼거림을 자식보다
더 알아들었을
컹컹,
복돌이가 집을 나간 이유를 아무도 몰랐다

감나무에 걸려 있는 전화기

아버지 팔목처럼 늘어진 전화선 끝이
감나무에 묶여 있다

매일 기다리는 거야
바람의 소리를

기억 저편 그리움의 젖줄을 물고
쏴아 바람을 타고 오는 너
전해오는 말을 받아 적는 나뭇잎

아버지는 매일 귀를 바깥으로 열고
가만가만 감나무에 걸려 전해오는
바람의 말을 들으려 한다

발자국이 비문으로 남겨 있는 곳
바람 속에서 뼈 소리가 날 때마다
바람도 따라 나무의 소리로 운다

조등으로 걸려 있는 감이 떨어지는 밤
새 한 마리 앉았다 간 자리에
나무의 어깨가 수척해졌다

진달래꽃

아버지는 어중잡이셨다
지게 지는 날에는
등에 붉은 반점이 생기고는 하였는데
그래서 어머니가 나무해 오는 날이 많았다

어떤 날은 매서운 산 주인에게 들켜
솔꺽정이 뺏기는 날 많았다는데
그럼 산 넘어 그 너머로 가
기어이 산채 만한 솔단을 머리에 이고 오셨는데
풀섶 꼬불꼬불 거친 산길을
달이 훤히 따라와
휘청이는 걸음 일으키며
길잡이로 나서더라고

지친 나무 등짐에서는
진달래가 꽃물로 피어
허기진 마른 입술을 적셔주며
가쁜 숨소리를 풀어 주었다던
진달래 붉게 핀
사월의 봄, 밤

아버지의 강

금식 팻말이 붙어 있는
아버지의 병실
소변을 보실 때면
오줌이 나오지 않는다며
끙 핏줄 내는 소리를 내곤 하신다

링거를 타고 들어가는 수액이
전신을 돌며 마른 강을 적신다

물의 너울마다 고르지 못한 파문이
숭숭 뚫린 뼈 사이를 지나
굽은 등 너머로
밤새 가늘게 물 흐르는 소리가 들린다
아버지의 흘러간 뒤란의 물살이
수도꼭지를 타고
와르르 쏟아져 나간다

긴 그림자가 흐르는 강
모래밭에 늙은 맵새 한 마리 외롭게 서 있다

빈집

에고 내 새끼들
꽃 피우느라 수고했어
고맙다 고마워
봄꽃을 보시고 꽃 둘레에 앉아
다독다독 봄맞이 하시던
할머니 꽃밭에

삐죽한 잡풀만 무성한 채
드문드문 고개 들고 있는 쓸쓸한 꽃들

잊지 않고 찾아온 봄바람이
키 작은 민들레꽃에게
할머니 안부를 묻는데

낡은 문패에
홀로 서 있는

김 말 숙
이름 석 자
대문을 지키고 있다

105호 병실

그가 집을 나섰을 때
미처 피우지 못한 담배들이 배웅을 했다

폐엽 줄기에 불씨가 자라서
폐 벽은 종일 몸살을 앓았지만
구석에 쪼그리고 앉아 있으면
손가락 사이로 어둠이 번져 나갔다

고적의 냄새만 떠도는 병실 안에서
발길을 어디에 두어야 할지 알 수 없는 그
그의 입은 모래알을 씹는지
가끔씩 하얀 가루를 뱉어냈다
서울병원 105호실
허락 없이 목으로 들어선 거친 선들이
성대를 건드려 그의 마지막 말을 뺏어 갔다

사각의 노트에 적은 말의 파장이 파르르 떤다
집으로 가는 길을 잃어버렸다

검은 수의를 입고 항아리 안으로 들어간 그
담뱃불 지지는 소리가 오랫동안
곡성으로 울렸다

신발장

신발장 문을 열었더니
굽 높은 구두가 굽 낮은 구두에게 밀려
구석진 자리에 앉아 있다

누구나 힘이 없으면
상석에서 밀려나
낮은 곳으로 내려와 앉아 있는 것처럼

한때는 저 높은 구두가
내리막길에서도 세상의 무게를 버티며
발끝 꼿꼿하게
앞길만을 고집하던 억척스런 힘이었다

세월이 돌고 돌아 뼛속의 물이
구멍 사이로 소리 없이 빠져나가고
균형을 잃은 관절이 달그락거릴 때쯤
굽 높은 구두를 밀어낸 낮은 신발이
지친 발을 위로하고 있다는 것을 알았다

나이가 들어간다는 것은
뾰족한 것 버리고
둥글고 낮게 만들어 가는 것

자리를 넓히며 앉아 있는
낮은 신발이 말하고 있다

제라늄 전언

방금 제라늄 산고 끝에
순산을 했다
아기 울음에 집 전체가 부산하다
꽃 한 송이 피우기 위해
조산원이 되어 주었던 잎에
땀방울이 촉촉이 맺혀 있다

오래도록 품고 있던 꽃봉오리
손가락 펴듯 천천히 열리며
허공을 잡고 있는 힘
번져 있는 출혈의 흔적이
꽃잎에 새빨갛다

제라늄 두어 송이 핀 자리에
아기 한 명이 더 늘었다

제 속 다 비워낸 자식이라고
두 손 공손히 받으라고 한다

네가 주인

가만히 보니
꽃이 꽃에게 기대어
서로 온도를 데워 주고 있다
밑뿌리의 심도를 다독여 주며
저들끼리 잎이 잎을 밀어 올리고 있다
쉴 틈 없이 꽃대를 올리고 있는 푸른 목젖
베고니아 제라늄 장미앵초 삭소롬
잎자리 꽃자리 넓히고 있는 모습이
분주하다
꽃방에서 각자의 이름표를 달고
다독다독 식구를 넓히고 있는
고요한 번짐
주인은 너희들이었다

인연

몇 글자의 서명이 끝나자
이 차는 이제 폐차합니다
이별을 예감한 지문들이 움찔거린다

수만 킬로를 질주한 사랑의 힘
위반된 딱지가 가끔 빨간 등을 켰지만
굴곡으로 이어진 삶이
아스팔트 위에서 마모되어 갈 때
험로의 바퀴는 자주 금이 가고
단단했던 길에서
삐그덕 거리는 소리가 들렸다

사랑도 서로 붙잡아 주는 힘이 없으면
슬픈 안녕을 하고 돌아서야 하는 것

콘솔박스를 정리하다 낡은 시집 갈피에서
너에게로 문장을 끝맺지 못한 美文의 글이
바람에 날려 갔다

여기까지야
풀었던 길을 감아올리며
짧은 포옹이
슬픈 악수의 모든 것이 된다

손녀 1

추석에 손녀가 왔다
며느리가 하얀 원피스를 꺼내더니
서은이 옷에 이쁜 꽃 자수 하나 새겨 주세요
먼저 일어난 마음이
손녀 옷에 민들레꽃 몇 송이 심었더니
손녀가 꽃밭 속에 나비가 되네?
아장아장 걸음이 꽃 사이로 걸어 다니자
온 집안으로 번지고 있는 민들레 향기

손녀 2

아이가 아장거리며 걸음을 배울 때
잠을 자고 있던 집 귀퉁이가 깨어나
온 집 안에 웃음이 돌고
썰물처럼 빠져나갔던 식구들이
밀물처럼 들어와
식었던 온기로 집을 따스하게 뎁히는 일이다

한 마을이 들썩이며
우주를 꽉 채우는 일이다

무궁화호 열차 안에서

천안에서 종착역 여수까지 가는
무궁화호 열차가 칙칙폭폭
봄 방학이 시작되자
아이들로 열차 안이 초록이다

열차가 덜컹거릴 때마다
봄 같은 아이들이
무궁화꽃으로 피어난다
구례 외갓집 남원 삼촌 집 여수 이모 집
내릴 곳이 각각 다른
앳된 말들이 가지를 뻗어
지지배배 잎들로 팔랑인다

초록을 닮은 아이들이 흥이나 흥얼거리면
확 달아오른 무궁화 열차가
화다닥 속도를 내어 달리고

열차 안에서는
꽃 중의 꽃,
무궁화꽃이 피고 있다

순천만 갈대숲에서

새떼가 하현달 아래로 기침을 하며
울음을 달고 온 것은
갈대숲에 왼쪽 가슴이 살아
따스하기 때문

갈대가 새들의 젖은 날개를 말려주고 있다
바람의 상처를 안아주고 있다

달문이 열리자 서둘러 귀가한 밀물이
밥을 짓는다
구멍마다 밥물에 뜸을 들이고 있는 뻘밭
고둥 갯지렁이 짱뚱어 소라게
구멍마다 솟아나는 밥
새들이 움켜진 배를 채우자
상처난 날개의 지문들이
물의 비늘 사이로 빠져나간다

무수한 발자국으로 지어진 새들의 집
지었다 허물어진 물결 사이로
갈대가 심어 놓은 알약 같은 밥을
눈물로 찍어 먹는다

사과나무 귀

뿌리의 밑동이 통째로 뽑혀져
바닥에 쓰러져 있다
사과 농사가 적자라고 투덜거리던 주인이
포크레인으로 거대한 굉음을 내고 간 뒤
휘둥그레 놀란 흙과
사과나무 귀들이 비명을 지르며 넘어진다

오후의 빛이 야위어 간다
귀 밖으로 빠져나가는 이파리들의 물소리를
무더기로 쏟아 놓고 간 사과밭에는
슬픔의 길이가 점점 길어진다

사과나무가 천천히 귀문을 닫는다
새 한 마리가 문상객으로 잠시 앉았다 간다

문득 지난해 돌아가신
아버지의 귀에서 빠져나가던
여린 물소리가 들린다

후박나무 아래서

노을이 햇빛을 둘둘 말아
숲으로 걸어오는 오후
상처 난 잎은 상처로
절정을 꿈꾸던 잎은 화려하게
허공에 발자국을 지우며 떨어졌다

바람 잘 날 없이
가지 많은 한 나무에서 자라
이리저리 움켜잡고
안간힘을 쓰며 살아온
우리 망가진 마음도
저리 가벼이 내려놓을 수 있을까

나무와 나무끼리 그늘을 펴고 있는
후박나무 곁을 걷고 있으니
괜스레 후덕해지는 마음이 온 것 같아
한 움큼으로 상처 난 생각들을 쏟아 놓고
하늘을 우러러 가슴을 쓸었다
지난 모든 것 용서하고 싶다고
용서받고 싶다고

회의 중

산수유도 바쁘다
개나리도 바쁘다
꽃 잔치 준비하느라
회의 중이던 참새들
바삐바삐바삐
날개를 부산하게 털 때
모르는 척
요만큼씩 입 벌리고 있는 봄
화개장터 안으로
매화 꽃마차가 먼저 달려오는지
수런수런 봄이 소란스럽다

물꽃

아가야 미안해
피워보지 못한 꽃
너의 눈물 한 방울의 기도가
바다가 되었구나
녹슨 철제가 올라오고
분노는 훨훨 노랑나비가 되었다
세월호 속에 갇힌 세월 멀리 보내 버리자
이제 파란 하늘로 가
춥지 않고 햇살만 있는
그곳에서
영원한 물꽃으로 피어 있는 거야

4부

끙

어머니 끙, 소리를 자주 내셨다
나는 그 소리가 듣기 편치 않아
타박을 하였다

오뉴월 논밭에서 뒤란까지
허리 펴실 때마다 붙들고 다녔던
끙,
아버지가 장미다방 아가씨 가시 꽃향기로
심장을 꾹꾹 찔러대는 늦은 밤에는 더
끙,
쑤신 팔다리 부여잡고
끙 소리 삼키며 얼마나 많은 밤을
나뭇잎 떨어지는 소리로 들었던가

아내의 무거운 짐
헐거운 무릎으로 받치고 있다가
괜찮타 괜찮타 일어나게 힘이 되어 주었던
지상에서 가장 짧은 지팡이
끙,

그 무게 다 내려놓고 가신
어머니의 하늘에도

끙 허리 펴는 소리
가볍게 들린다

반달

당신을 묻고 온 밤
반쪽 달이 떴습니다
마지막 기도에 담겨진 당신의 미소를
무어라고 말할까요

가지마요 가지마요
가슴에 얼굴을 묻고 붙잡을 때
당신은 생전의 고통과 슬픔을
달빛 속으로 안고 떠났습니다

폐 속 나의 웅덩이에 고인 눈물

어머니
당신이 떠날 때
내 반쪽도 가져갔습니다

그녀의 라디오

소리 하나로 버티며
금이 간 뼈 마디마디 반창고가 붙여져 있는
틈 사이마다 낀 묵은 먼지가
이 집 내력을 껴안 듯 무늬져 있다

오후 6시에서 깨어나는 라디오
고요의 중심을 털어 내며
누워 있던 부엌이 통째로 깨어난다

바쁘게 시간을 쪼개고 있는 손
서둘러 쌀을 안치면
도마가 얼룩을 들고 칼질 소리로 달려온다
짜다, 싱겁다, 쓰다의 오래된 말

부딪쳐 금이 간 밥그릇들이
그녀 앞으로 날아온다

가끔 한숨 소리가 흐르는
주파수가 잘 잡히지 않는 라디오
흐릿한 노랫말에서 지지직거린다
돌아갈 수 없는 기억의 날들이
한때 그녀의 꿈이 시든 꽃잎으로 날린다

쌀독

어느새 자식들은 둥지를 떠나고
두 식구만 달랑 남으니
쌀독 채우는 일 줄었지만
쌀을 부으니 단지 안에서
차르르 맑은 소리가 났다

한때 그 속에는 근심이 있어
단지 안이 자꾸 비워져
바닥이 보일 때쯤에는
어머니 한숨 소리에 젖은
늦은 봄밤의 시름

오늘 쌀독 입구까지 쌀을 가득 채우니
어머니의 흡족한 미소가 보이고
가난했던 허기가 그리웠는지
쌀독이 먼저 부른 배를 내민다

엄니꽃

남동생이 승진을 했다며
이른 새벽 엄니 전화를 하셨다
육 남매 중 마흔 고개를 훨씬 넘어 낳은 동생
마흔이다

내 아들이 큰 효도를 했다며
전화선 너머 저쪽 목소리가
팽팽한 하늘이다
평생 아들만을
생의 우선순위에 올려놓으신 엄니
꺼내지 못한 상처로 익은 아픔이
덩실덩실 춤을 춘다

새벽마다 모셔 놓은 정한수 그릇에
저 지극히 깊은 한 세월의 주름이

승진
한 호흡에
활짝 꽃이 피셨다

계란 노른자

그때마다 우리는
까칠한 보리밥이
목으로 더디게 넘어갔다

샘표 간장에 참기름을 버무려 놓은
고소한 저녁밥
아들 쌀밥 위에만 올려놓은 계란 노른자는
달맞이꽃으로 환하게 피었고

아들이 희망의 전부라고
깊이 뿌리를 박아 주시던 어머니
새벽마다 올리는
간절한 기도에는
여린 눈물 냄새가 배었다

느리게 느리게
넉넉해진 곳간
쌀밥 퍼 올리는 소리 소복해지고
어머니 없는 빈 뜰에
가난 위에 엎어있던 달맞이꽃이
오늘 둥그런 밥상 위에서
밥그릇마다 환하게 웃고 있다

웅덩이

전봇줄에 앉아 있던 새가 빠져 있네요
알전구도 내려와 빠져 있습니다
회화나무 가지도 통째로 빠져 있습니다
빠져 있는 것 모두 받아주고 있는 웅덩이
하늘도 빠져 있네요
하늘이 이렇게 가까울 줄이야
살며시 손가락을 넣고 물을 튕겨 보았더니
파문이 일어납니다
하늘을 손가락 하나로 흔들 수 있다니요
손을 넣으면 하늘도 건져 올릴 수 있겠습니다
이렇게 당신의 마음도 건질 수 있을까요
사랑이 파문처럼 번져 올 수 있을까요
꽃잎 하나가 툭 떨어져 젖습니다
당신께 풍 빠지고 싶은 꽃입니다

어느 봄날

오늘은 분명 봄바람이 살캉거리며
꽃길 나서자고 온몸 저리게 꼬셨을 거야

관절마다 훈장을 붙였던
고집 센 신경통을 몸에 달고
경사진 산길을 돌고 돌아
봄 안으로 걸어오시는 어머니

웃음이 꽃다지 사이로
피었다 지고 피었다 지는
산수유꽃 모롱이 저쯤에서
도롱알이 꿈틀거리는
산동 계곡 서지천을 지나
올챙이처럼 딸린 새끼들을 데리고
꿀꺽 넘겨야 했던 밥알

그새 간 엊그제 같은 모습으로
산수유 꽃그늘 아래로 오신 어머니
봄날을
돌돌 폭폭 말아 드신다

그믐

어둠에 달이 걸려 있는 밤에는
담장 너머 우물에서
사르락 사르락 물 퍼 올리는 소리가 들리고는 하였는데
그런 밤에는 잔별이 내려와
그녀의 하얀 등을 만지고 가는지
밤새 물소리가 가늘게 새어 나왔다
오래전 서울에선가 내려와
폐병이 걸린 동생을
수 년 동안 간호하는 누이를 보고
누구는 구절초 같다고 했는데
글썽 고여 있는 눈에
낯선 이데올로기에서 절뚝거리며 돌아온
동생의 기침 소리가 길어 갈수록
꼬리 달린 소문이
가시덤불처럼 무성하였다

바람이 떠돌다 잠깐인 듯,
신음하는 내력을 놓고 사라지기도 하는
그녀가 그믐에 갇혀 있는 밤이었다

유월의 붕어빵

어린 모들이 엄니의 흙 묻은 손에서 일렬횡대로
줄을 서서 자라고 있는
숨 가쁘게 돌아가고 있는 유월의 들판
어린 막내 동생 업고 샛젖 먹이로 들로 나서면
뙤약볕 아래서 곤하게 자고 있는 순한 동생

논둑 푸른 길은 엄니의 발자국에서부터 윤이 나 있고
엄니의 땀으로 자라고 있는 모

논둑 길 따라 멀리서 먼저 걸어 나오는 엄니
흙 묻은 손 풀섶에 쓱쓱 닦으시고
불어져 있는 젖이 적삼 속에서 나오면
벌꺽벌꺽 동생 젖 빠는 소리가
유월의 적막을 끌어 올렸다

그때 고쟁이 속에서 헤엄치며 나온 붕어빵 한 개
새참으로 받은
허기도 견디었을 엄니가 내민 그것
붕어빵 맛은 얼마나 근사하고 달콤했던가

아직도 땡볕 들판에는
엄니가 앉아 동생에게 젖을 물리고
못자리 가득 초록을 키운다

동백

마량리 동백 숲에서
통째로 불밭에 떨어진
동백을 보다가
묻고 싶었다
너는, 불발탄 같은 첫사랑
그 곁에서
활활 아프지 않았냐고

한 페이지 사이에서

책갈피 사이에 넣어 두었던
능소화 꽃잎이
한 페이지 사이에 누워 있다
쪼그리고 앉아서
서로에게 주고받았던
풋내 스민 약속
언약은 어둠 속으로 떠나 버리고
헝클어져 돌아다니던 풍문이
달의 담을 떠돌다가
낡고 오래된 책 속에서는
기다림도 섧다
봄날에 물들었던 우리의 이야기가
잃었거나 잊혀져 갔거나
마른 꽃이 되어
바람 속으로 빠져나가고 있다

바람난 포도

청포도 알알이 여름을 업고 뻗어 가는 줄기에서
땅으로 버려진 포도
주인이 상품 가치가 없다며 눈을 흘겼습니다

바람이 나서
난산으로 난 알들이 자라지 못하고
들쭉날쭉 된 포도알이라네요

바람난 포도라는 주홍 이름을 달고 주인에게 버려졌습니다

거친 바람이 들어와 상처를 긁었겠지요
떨어진 포도가 어린아이 눈처럼 슬퍼 보입니다
제 자리에서 꽃을 피웠지만
제 가지에서 열매 맺지 못한 삶
울음소리가 과수원 푸른 종소리로 퍼져나갑니다

주인은 고르게 자라고 있는 포도알에게
종이 갓을 씌워 훈장처럼 양반이라는 터를 주었지요
가부좌를 틀고 허공으로 폭을 넓혀가는 포도

어디에선가 울음주머니가 부풀어 오릅니다
당신이라는 바람에 안테나를 세우고

침침해져 가는 몸은
포도나무 울타리 밖으로 밀려나고 있습니다

봄비

오래도록 창문을 두드리는 이 있어
저쯤에서 들렸다 가는
손 내밀면 잡힐 것 같은

왔다가 다시 가는 이여

그대 스쳐가는 흔적 있다면
어디서라도
내 몸은 온통 봄비

가을을 사세요

은행나무 숲에 지폐가 날아다녀요
바람이 휘휘 휘파람을 불 때마다
가을을 사러 온 사람들이
흡족한 표정으로 셔터를 터뜨려요

가끔 은행나무가 지퍼를 확 열어요
우수수 날아다니는 지폐들

저기 아파트 입주금으로 근심하는 부부
은행나무 숲으로 오세요
은행나무 창구에서는
노란 지폐가 훨훨 날아다녀요
지치고 피곤해진 마음 곁으로
잠시나마 기쁨이 물들기를 바라는
나무 그늘이 금빛이네요

슬로우 슬로우 걸음으로
시 쓰기를 고심하는 그녀도 걸어오고 있어요
은행나무에는 세 들어 사는 시도 있답니다
가을을 사시면 쓸쓸함은 덤으로 드릴게요

바람이 한 계절을 찾아와

이야기를 엮어 가는 은행나무 길
가을 향연이 화사한 절정을 이루고

계단

아흔아홉 계단은 어디일까요
그리고 그 너머
한 계단은 어디쯤일까요
엎드려 등을 빌려주고 있는 계단 앞에서
오른손이 왼손을 감싸 안으며
나약함으로 기도합니다

기도의 바닥에는
고통의 눈물과 참회와
가식의 허물이
가득 고여 있습니다
우리들의 진실은 어디일까요
멀고도 아득합니다
때로는 오래도록 고개 숙여서
자꾸 무언가를 떼를 쓰기도 하지요
말없이 기다려 주시는 이여

애야 염려하지 마라
끈을 놓지 않도록 들려주는 말씀
봄날 꽃 피는 소리 같습니다

오늘도 한 계단을 오르기 위해

무디어진 다리를 곤두세우고
길을 어렵사리 오르고 있습니다

낙엽이 다시 올 봄 속에서 소생을 꿈꾸 듯
생명수 한 그릇을 기다리며

고양이와 달

그녀의 첫 시집에서
시 한 작품이 걸어 나와
와인 속으로 들어가던 밤
우리는 마당에서 모닥불을 지폈다
하얀 철문이 건반이 되어 반짝이고
피아노 소리가 고샅길을 따라
가는 걸음으로 길게 걸어갔다
살구나무에 걸려 있는 달
고양이가 올라가
달을 물고 내려왔다
초겨울의 별이 잔물결로 흐르고
고양이가 달을 삼키며 사라졌다
밤은 차고 읽어가는 시집은
절정의 모닥불처럼 뜨거워졌다

페루 커피를 마시며

그대가 황금 잔을 버리고 그녀를 떠나갔네

사랑은 언제나 깨진 거울 속에서도 빛났지만
안데스의 깊은 눈물 속
바람과 유숙하다 요정이 된 그녀

커피나무 숲*에서
피로해진 영혼을 깨우네

페루 커피를 마시며 그녀를 만나네

양 갈래머리를 길게 묶은 검은 눈동자
라마의 울음에 콘도르는 날아가고
황금 반지를 잃어버린 그녀가
커피가 가득 찬 잔 속으로 어둡게 걸어오네

입 안으로 라마의 더딘 걸음이 지나가고
그녀의 검은 양 갈래머리가 목젖을 넘어가네

* 카페 이름

삶의 상처를 위한 응시와 역설의 노래

이형권 문학평론가, 충남대 교수

삶의 상처를 위한 응시와 역설의 노래

이형권 문학평론가, 충남대 교수

1. 시의 길을 찾다

이 시집은 시에 관한 고백으로 시작한다. 시집을 열자마자 맨 앞자리에 등장하는 「시」는 탁경자 시인이 오랜 세월 시의 길을 걸어온 마음이 어떠한지 드러낸다. 시의 길은 "보일 듯 아니 보일 듯/ 너는 구불구불/ 너무 멀리 있었고/ 불현듯 바람이 불 때마다/ 내 길이 아닌 듯싶어// 돌아오고 싶더라/ 울고 싶더라"(「시」 부분)라고 고백한다. "너무 멀리 있"는 시의 길은 가도 가도 그 실체를 보여주지 않아서, 이 지난한 길가기를 포기하고 "돌아오고 싶"었다는 것이다. 이것은 시인이 간직한 시적 자의식이라 할 수 있을 터, 한 시인으로서 시에 관한 이러한 생각은 매우 소중한 것이다. 시인이 시에 관해 사유하는 것은 한 시인으로서의 자기 정체성을 확고히 하기 위한 고뇌의 과정이기 때문이다. 낭만적 아이러니라는 말도 있거니와, 시인은 항상 자신의 시가 불완전하다고 생각하면서 완전한 시를 향한 열망으로 시를 쓴다. 자신의 시가 불완전하다는 인식은 오히려 더 나은 시를 향한 정신적 에너지가 되는 것이다. 탁경자 시인이 이 시집의 첫 작품에서 이러한 인식을 드러낸 것은 그만큼 시를 향한 진심이 깊다는 것을 뜻한다. 가령 "시를 읽다/ 시를 쓰다/ 죽어도 좋을"(「시의 물에 빠진 파리」 부분)이라는 시구는 그러한 진심을 직설적으로 드러낸다. 이러한 시적 자의식이 타인을 향할 때는 시(인)에 대한 경외감으로 나타나기도 한다.

> 그녀의 첫 시집에서
> 시 한 작품이 걸어 나와
> 와인 속으로 들어가던 밤
> 우리는 마당에서 모닥불을 지폈다
> 하얀 철문이 건반이 되어 반짝이고
> 피아노 소리가 고샅길을 따라
> 가는 걸음으로 길게 걸어갔다
> 살구나무에 걸려 있는 달
> 고양이가 올라가
> 달을 물고 내려왔다
> 초겨울의 별이 잔물결로 흐르고
> 고양이가 달을 삼키며 사라졌다
> 밤은 차고 읽어가는 시집은
> 절정의 모닥불처럼 뜨거워졌다
> ―「고양이와 달」 전문

시인은 지금 "그녀의 첫 시집"을 읽고 있다. "모닥불"과

"와인"이 등장하는 것으로 볼 때 몇몇 지인들과 함께 시집 발간을 축하하는 자리를 마련하고 있는 듯하다. 장소는 "하얀 철문"과 "마당"이 있는 전원적인 집이고, 시간은 "초겨울"의 "달"이 떠 있는 밤이다. "모닥불"을 피우고 "와인"을 마시면서 "시집"을 읽는 일은 생각만으로도 멋진 일이다. 이 아름다운 서정의 시간에 "살구나무에 걸려 있는 달"을 "고양이가 올라가"서 "물고 내려왔다"가 "달을 삼키며 사라졌다"라고 한다. 이때 "고양이"는 실제의 동물로 볼 수도 있지만, "고양이" 모양의 구름이 "달"을 가리어 버렸다는 뜻으로 읽는 것이 바람직하다. "달"빛이 가려지면서 어두운 하늘에는 "별이 잔물결로 흐르"고 있다고 하기 때문이다. 아무튼 "달"과 "별"이 빛나는 "초겨울" 밤에 시의 향연을 통해 "시집은/ 절정의 모닥불처럼 뜨거워졌다"라고 한다. 시에 관한 진심이 드러나는 대목이다. "달이 섬진강/ 은어 떼를 몰고 오면/ 강가에서/ 시의 추를 던지며/ 별을 낚는다"(「어초장」 부분)라는 송수권 시인에게 관심을 보이는 것도 그러한 진심과 관련된다. 탁경자 시인은 이러한 마음으로 시의 길을 찾아간다.

2. 삶의 상처를 보듬고 넘어서 가다

시에 관한 진심은 어디에서 오는가? 이 시집의 시편들에서 유추해 보면, 시는 삶의 상처와 슬픔, 혹은 고달픔을 위로하고, 그것을 역설적으로 극복하게 해 주는 역할을 한다는 생각에서 온다. 이는 시의 가장 전통적이고 기본적인 기능일 터, 이 시집은 그러한 기능에 충실한 것으로 읽힌다. 실제로 이 시집에는 현실의 그늘에서 상처받고 힘겹게 살아가는 사람들이 빈도 높게 등장한다. 그 사람이 시인 자신으로 읽히는 경우가 많지만, 때로는 우리 사회에서 소외된 채로 살아가는 타자의 모습으로 등장하기도 한다. 사실 속악하고 비루한 세상을 살아가는 과정에서 상처받지 않고 살아가는 사람은 거의 없다. 그런데 중요한 것은 시인이나 예술가가 다른 사람에 비해 삶이 상처라는 인식에 민감하다는 점이다. 프랑스의 천재 시인 랭보는 이미 "상처 없는 영혼이 어디 있으랴"라고 말하지 않았던가. 이러한 상처를 치유하는 첫걸음은 그것을 응시하면서 삶을 성찰하는 일에서 시작한다.

달빛이 물 표면을 밤새 훑는다
윤슬에 찔린 연못이
신음을 내며 앓는 달밤
가끔씩 달빛으로 찾아와
연못에 못질을 하고
족적도 없이 사라지는 삽시간만
밤바람에 들통난다
고통의 덩어리가 모이면
연못이 만들어진다
제 상처를 조용히 닦으며
물의 안쪽으로 서서히 파고든다
물무늬의 유전자처럼
파문을 치며 울고 싶은 못

나무의 나이테를 닮은 못의 몸부림
못의 울음이 밤새도록
물 표면에 떠 있다
―「못」 전문

　이 시는 시의 화자가 달밤의 "연못"을 배경으로 삶의 "상처"와 "고통"을 성찰하고 있는 상황을 내용으로 한다. "달빛"이 "연못"에 비추는 상황을 "윤슬에 찔린 연못"이라고 하여, "연못"을 "상처"와 "고통"을 표상하는 것으로 본다. "윤슬"은 햇빛이나 달빛에 비치어 반짝이는 잔물결을 의미하는 것인데, 이를 부정적인 이미지로 보고 있다. 즉 "윤슬"을 "달빛으로 찾아와/ 연못에 못질을 하"는 것으로 상상한다. 하여 "윤슬"이 일렁이는 "연못"을 "고통의 덩어리", "울고 싶은 못"이라고 한다. 결국 "연못"을 "상처"와 "고통"으로 얼룩진 인간의 표상으로 형상화한다. 그런데 이 시에서 "상처"와 "고통"의 원인이 구체적으로 드러나지 않는다. 하여 "상처"와 "고통"은 일단 인간의 실존적 차원의 것이라고 할 수 있다. 이러한 상처와 고통의 근원이 무엇인지는 다른 시를 통해 암시받을 수 있다. 가령 "내 몸에도 겨울부터 고 것이/ 그렇게 독을 품고/ 이리저리 뒤지고 다닐 줄이야/ 고만고만 뿌리를 내릴 때도 난 몰랐제"(「독감」 부분), "병원에서 알게 된 낯선 병명/ 알약만큼 흐릿한 세월을/ 약봉지에 넣고 걸어오는데/ 뭉클한 소리들 목을 조인다"(「섬유근육통」 부분) 등의 시구를 보면, "상처"와 "고통"의 원인이 육신의 병과 관련된 것임을 알 수 있다. 물론 이러한 병증은 인생을 살아가는데 맞이하게 되는 시련을 전반을 표상하는 것으로서 결국 정신적인 것과 불가분의 관계에 놓인다.

> 누군가 나에게 물었네
> 거미줄로 감아 놓은 어둔 시간을
> 어떻게 풀고 왔냐고
> 심해의 어둔 바닷속을
> 어떻게 헤엄쳐 왔느냐고 묻는 것만 같았네
>
> 소금물을 마시고 사는
> 나는 물고기였다네
>
> 비릿한 밤을 유영하듯 붙잡고
> 상처가 덧나지 않게 비늘로 감싸 안은 채
> 얼룩진 바닷속
> 그 안에서
> 밤새,
> 눈물도 없이 눈을 뜨고 있는
> ―「불면증」전문

이 시에서 "불면증"의 원인은 정신적 차원의 "상처"이다. "나"는 "거미줄로 감아 놓은 어둔 시간", 즉 "상처"로 얼룩진 시간의 주인공이다. "나"는 그동안 "심해의 어둔 바닷속"과 같이 무겁고 어두운 삶을 살아왔던 셈이다. "나는 물고기였다네"라는 고백은 그러한 "바닷속"에서 살아온 자신의 삶을 성찰하는 대목이다. "나"는 더구나 "상처"를 간직하고 깊은 바다의 어둠과 압력을 견디는 "물고기"와 같이 살아왔다. 하여 "나"는 "물고기"가 그렇듯이 "밤새,/ 눈물도 없이 눈을 뜨고 있는" 상태로 살아가고 있다는 것이다. 시의 제목인 "불면증"은 그러니까 마음의 "상처"를 간직하고 살아온 시인의 자기 고백과 다르지 않다. 그렇다면 그 상처의 원인은 무엇인가? 그것은 가령 "너는, 불발탄 같은 첫사랑/ 그 곁에서/ 활활 아프지 않았냐고"(「동백」 부분), "그대에게서/ 벗어나고자 했던 슬픔이/ 붉게 번진다"(「연서」 부분)와 같은 부분을 보면 사랑의 실패와 관련된다. 사랑의 실패는 현실적인 것일 수도 있겠으나, 한편으로는 인간의 사랑이 지닌 근본적인 불완전성을 말하는 것일 수도 있다. 어쨌든 이들 시구는 인간의 삶에서 사랑은 매우 소중한 것인데, 그것의 실패나 불완전성은 인간이 마음의 "상처"를 갖게 하는 핵심적 원인이라는 점을 밝히고 있다.

그런데, 이 시집에서 상처에 관한 응시와 성찰은 개인적인 차원에서만 머물지 않는다. 때로는 가족이나 사회적 소수자 혹은 타자들의 삶과 관련된 고달픔이라든가 고통과도 연관된다.

어머니 끙, 소리를 자주 내셨다
나는 그 소리가 듣기 편치 않아
타박을 하였다

오뉴월 논밭에서 뒤란까지
허리 펴실 때마다 붙들고 다녔던
끙,
아버지가 장미다방 아가씨 가시 꽃향기로

심장을 꾹꾹 찔러대는 늦은 밤에는 더
끙,
쑤신 팔다리 부여잡고
끙 소리 삼키며 얼마나 많은 밤을
나뭇잎 떨어지는 소리로 들었던가

아내의 무거운 짐
헐거운 무릎으로 받치고 있다가
괜찮타 괜찮타 일어나게 힘이 되어 주었던
지상에서 가장 짧은 지팡이
끙,

그 무게 다 내려놓고 가신
어머니의 하늘에도
끙 허리 펴는 소리
가볍게 들린다
　　—「끙」 전문

　이 시에서 "끙"은 많은 의미를 함축하고 있는 의성어이
다. 이 음성상징어는 사실 "어머니"의 상처를 상징하는 것
으로서 그 원인은 고된 농사일과 "아버지"의 바람기이다.
"어머니"는 "오뉴월 논밭에서 뒤란까지" 오가는 고된 노동
을 하면서 살아온 분이다. 그 결과로 인생의 노년에는 육신
의 병을 얻어 움직일 때마다 "끙" 소리를 내게 된 것이다.
또한 "장미다방 아가씨"에게 눈길을 주었던 "아버지"의 바
람기로 인한 상처도 크다. "아버지"의 바람기는 한 여자로

서 "어머니"의 자존심에 큰 상처를 주었을 것이다. 이러한 부부 관계는 더 확대하여 해석하면 이 땅의 전근대적 가부장제의 주인공인 아버지들의 횡포에 의해 형성된 비정상적인 인간관계를 함의한다. 그래서 이 시의 "어머니"는 특정한 어머니를 넘어서 아직도 우리 사회 곳곳에 남아 있는 가부장제의 희생양을 표상한다고 할 수 있다. 그렇다면 이 시는 타자로서의 여성이 지니고 사는 상처를 고발하는 역할을 하는 셈이다.

타자의 삶에 드리운 상처에 관한 관심은 이 시집에서 다양하게 등장한다. 가령 "바다를 밀었다 끌어 올리는 손으로/ 만선의 집을 지었다가/ 파도가 다시 허물어 버리고 가도/ 상처에는 최고의 약이 바닷물이라는 것을/ 그는 알고 있었다"(「바다의 노인」부분)에는 늙은 어부의 고단한 삶의 상처를, "구겨진 사직서를/ 가슴에 품고 다니는 남자가/ 한 가마의 독을 망치로 깨고 있다", "깨져 있는 도자기들의 파편 속에는/ 추락하는 수천 개의 날개가 숨어 있다"(「독을 깨다」부분)에서는 고달픈 노동자의 상처를 응시한다. 또한 "사과 농사가 적자라고 투덜거리던 주인이/ 포크레인으로 거대한 굉음을 내고 간 뒤/ 휘둥그레 놀란 흙과/ 사과나무 귀들이 비명을 지르며 넘어진다"(「사과나무 귀」부분)에서는 가난한 농부의 상처를, "철들의 골절을 붙이는 용접공인 그가/ 고층 외줄에 앉아 있다/ 부화되지 않는 거대한 알이/ 불 안에 갇혀 있다"(「불새」부분)에서는 용접 노동자의 상처를 응시한다. 이러한 상처를 치유하지 못하는 사람은 때로 노숙자라는 극단의 삶을 살아가기도 한다.

떠다니는 것은 모두 그림자다
눈물에서 소금기를 뺀 물방울이다

꽃들이 기침을 하지만 처방이 없어
허공의 벽을 닦을 수 없는 봄
대전역 모퉁이
고비 고비를 넘지 못한
한 사내의 구부린 등에서
낙타 울음소리가
불안한 주문으로 날리고
엎드러져 있는 손바닥이
파리하다
어제는 술병 안으로 천 개의 슬픔을
밀어 넣었을 입
천근의 무게만큼 뱉어내는 기침 사이로
기억의 탑은 무너져 내린다

한때 도시의 빌딩을 움켜쥐고
중심이 되고 싶었던
그의 어깨 위로

떨어진 이팝꽃이
통증 같은 문신으로 피어 있다
　　―「수요일의 이팝나무」 전문

이 시는 "이팝꽃"이 피어 있는 계절에 "대전역 모퉁이"에

쭈그리고 있는 노숙인의 모습을 그리고 있다. 그는 "한 고비를 넘지 못한/ 한 사내"로서 지난한 삶의 과정에서 시련이 다가왔을 때 적절히 대응하지 못한 탓에 거리로 내몰린 신세가 되었을 것이다. "낙타 울음소리"처럼 "불안한 주문"을 하는 그는 경쟁이 치열한 사회의 희생자일 터이다. 그에게 다가온 정신적인 상처의 결과가 바로 "불안"이다. 니체의 『짜라투스트라는 이렇게 말했다』에 나오는 "낙타"와 마찬가지로 그는 현대 사회에서 노예적인 삶을 살아온 사람이다. 그는 자본의 노예, 욕망의 노예로 살아오면서 한 인간으로서의 자존감과 정체성을 상실해 버렸다. "술병"과 "기침"으로 상징되는 그의 비정상적이고 고통스러운 생활은, 지나간 정상적인 삶과 관련된 "기억의 탑"마저 무너뜨리고 말았다. 그는 "한때 도시의 빌딩"에서 "중심이 되고 싶었던" 적도 있었으나, 지금은 "이팝꽃" 나무 아래 갈 곳 없는 노숙자가 되어 버리고 만 것이다. 하여 그의 몸에 "떨어진 이팝꽃이/ 통증 같은 문신으로 피어 있"는 것으로 보일 수밖에 없다. 따라서 이 시는 승자 중심주의에 빠져 있는, 상처받은 패자는 지독한 "통증" 속에서 살 수밖에 없는 어두운 사회의 이면을 고발하고 있는 셈이다.

이 시집에서 상처를 응시하는 일은 개인적, 사회적인 차원뿐 아니라 역사적인 영역으로까지 나아간다. 가령 "피아골 정찰 떠난 지아비"를 기다리다 "열꽃으로 핀 한 살 박이 아들을/ 산기슭에 묻고/ 달빛이 출렁이도록 우는 울음이/ 새색시"(「도라지꽃」 부분)에는 이념 대결의 역사에서 타자에 속하는 빨치산의 아내가 지닌 상처를 응시한다. 이처럼 나와 타자의 삶에 드리운 상처를 응시하는 일은 그것을 극복하기 위한 일차적 행위이다. 상처를 정면으로 응시하지 못하는 사람은 그것을 넘어서고자 하는 열망을 갖기 어렵기 때문이다. 따라서 이 시집의 많은 시편에서 시인 자신의 상처는 물론 타자들의 상처를 응시한다는 사실은 중요하다. 탁경자 시인이 상처를 극복하는 방식은 주로 상처에 관한 역설적 인식에 토대를 두고 있는데, 그 토대를 튼실히 해 주는 것이 상처의 응시를 통한 삶의 성찰이기 때문이다.

> 그늘진 곳간에서
> 해묵은 박달나무 도마를 찾았다
> 잊혀진 시간 밖으로
> 밀려 나버린 낡은 도마
> 후미진 그늘에 영정사진처럼
> 조용한 미소로 누워 있다
> 오래된 몸 쓰다듬어 보니
> 여전히 온기가 남아 있는 도마
> 쇠잔한 촉 낮은 전깃불 아래서
> 싹둑싹둑 썰었을 김치 국물 밴 안쪽과
> 괜한 푸념을 내리쳤을 뒤쪽에서
> 어머니 깊이 파인 칼자국이 보인다
> 무성한 생채기 속으로
> 땀 냄새 섞인 거룩한 밥상도 보인다
> 도마 따라 걸어간 어머니
> 맨몸으로 견디어낸 무늬처럼
> 작고도 견고하다
> ―「도마」 전문

이 시는 "해묵은 박달나무 도마"를 통해 삶의 상처를 오히려 정신적 에너지로 승화하는 "어머니"의 위대한 모습을 형상화하고 있다. 이 시의 "주인공"인 "어머니"는 한 개인의 어머니이기도 하지만, 온갖 희생을 무릎 쓰고 가족을 돌보는 모성애를 표상한다고 할 수 있다. 시의 화자는 "해묵은 박달나무 도마"에서 그러한 그것을 일평생 사용하면서 살아온 "어머니"를 연상하고 있다. "도마"의 본질은 끊임없이 칼을 받아내는 일일 터, 온몸에 "무성한 생채기"로 살아갈 수밖에 없는 존재이다. 그 "깊이 파인 칼자국"은 "어머니"의 삶에 드리운 무수한 "생채기"와 다르지 않은 것이다. 속이 상할 땐 "도마"를 내리치며 "괜한 푸념"을 하기도 했으니 "도마"는 한때 "어머니"의 삶에서 소중한 동반자였다. 그런데 그 "생채기"의 진정한 의미는 그 "생채기 속으로/ 땀 냄새 섞인 거룩한 밥상도 보인다"라는 점이다. "어머니"는 마치 "도마"가 받은 "깊이 파인 칼자국"이 생명의 "밥상"을 만드는 것처럼, "어머니"는 삶의 상처를 오히려 가족을 위한 사랑으로 승화하고 있는 셈이다. 하여 "어머니"는 삶의 상처를 극복, 승화하는 능력에서 "박달나무 도마"처럼 "작고도 견고하다"는 것이다.

　삶의 상처를 극복하는 또 하나의 방식은 각박한 현실 속에서 심미의 세계를 발견하는 일이다. 시는 곧 역설이라는 말도 있거니와, 시를 쓴다는 것은 죽음에서 새로운 생명을 찾는 일이며 폐허에서 새 생명의 숨결을 찾아내는 일이다.

　　허공을 붙들고 있는 위태로운 그림자와
　　우편함에 꽂혀 있는 빛바랜 고지서들

수취인 불명의 편지들이 어둠으로 왔다 가며

무수하게 긁어댄 상처가

낡은 담 사이를 넘어간다

등 맞대고 함께 산다는 것은

거미줄처럼 벌어진 틈 사이를 붙잡고

서로 바라보는 것일까

늦은 햇살이 틈으로 스며드는

재건축 아파트의 오후

틈에서 고개를 내민 민들레가

가난을 꽃 피우고 있다

갈라진 상처를 다독이고 있다

— 「틈」 부분

아가야 미안해

피워보지 못한 꽃

너의 눈물 한 방울의 기도가

바다가 되었구나

녹슨 철제가 올라오고

분노는 훨훨 노랑나비가 되었다

세월호 속에 갇힌 세월 멀리 보내 버리자

이제 파란 하늘로 가

춥지 않고 햇살만 있는

그곳에서

영원한 물꽃으로 피어 있는 거야

— 「물꽃」 전문

두 시는 모두 역설의 꽃을 피우고 있지만, 그 성격은 조금 다르다. 앞의 시는 "재건축 아파트"의 낡은 풍경 속에서 새로운 생명으로서의 "민들레"를 발견하고 있다. 낡은 아파트의 "우편함에 꽂혀 있는 빛바랜 고지서들"과 "수취인 불명의 편지들"은 인적없는 폐허의 풍경일 터, 그곳은 "무수하게 긁어댄 상처가/ 낡은 담 사이"를 채우고 있는 공간이다. 그런데 "늦은 햇살이 틈으로 스며드는" 그 공간의 "틈"에서 "민들레"를 발견하고 있다. 인간의 흔적이 사라진 낡은 아파트의 "담" 사이 "틈"에서 "가난을 꽃 피우고 있는" "민들레"를 본 것이다. 이 꽃은 가난하고 낡은 생활의 흔적을 지우면서 "갈라진 상처를 다독이고 있"다. 폐허의 틈에 핀 "민들레"가 그 폐허의 주인공이 지니고 살아온 삶의 상처는 위로하는 것이다. 뒤의 시는 2014년 4월 16일에 있었던 세월호 참사에서 희생된 304명의 영혼을 위로하는 시이다. "피워보지 못한 꽃"은 세월호 참사의 희생자인 어린 학생들을 의미한다. 세월호 인양작업으로 "녹슨 철제가 올라오"는 모습을 생각하면서 시인은 어린 학생들에게 "파란 하늘"과 "햇살"이 따뜻한 나라에서 "영원한 물꽃"이 될 것을 소망하고 있다. 비록 잔혹한 세상 때문에 극한적인 고통을 당했지만, "영원한 물꽃"으로 다시 피어났으면 하고 바라는 것이다. 이러한 소망은 인간의 탐욕으로 인해 어이없이 희생된 이들을 우리의 마음 속에 다시 살아나게 한다는 점에서 소중하다.

3. 자연의 고요에 들다

이렇듯 이 시집은 삶의 상처를 극복하기 위해, 일차적으로 그 상처를 응시, 성찰하면서 그것을 극복하기 위해 역설의 세계로 나가는 시편들로 구성되었다. 이 시집에서 상처의 응시는 개인적인 것에서부터 사회적, 역사적, 이념적인 차원에서 다양하게 이루어진다. 시인은 상처를 극복하기 위해 새로운 생명 혹은 심미의 세계를 상상하는데, 그 결과로 폐허 속에 핀 꽃이나 물속에 피어나는 꽃의 이미지가 탄생한다. 한편, 시인이 상처를 극복하는 또 하나의 방식은 세상 너머의 고요한 자연의 세계를 그리는 것이다. 자연은 고요한 장소로서 세상의 소란스러움과 대비되는 세계로서, 인간마저도 자연의 일부가 되는 고요의 풍경 속에 마음의 평화를 얻을 수 있는 곳이다. 그곳은 "새벽 강가에서/ 꽃을 깨우고 있는 것은 새떼다/ 새떼가 어둠에 키를 꽂고/ 햇살을 사방으로 풀어 놓고 있는 거다/ 수런수런 번지며/ 새벽을 수선하고 있는 수선화/ 꽃이 세상을 피우고 있는 거다"(「수선화」부분)라는 자연처럼, "새떼"와 "햇살"과 "수선화"가 하나로 화합하면서 아름다운 풍경을 탄생시키는 장소이다. 자연은 항상 "새벽"처럼 상처의 "어둠"을 물리치고 밝은 세상을 꽃 피우는 세계인 것이다. 그곳에서는 인간도 자연과 하나가 된다.

저쯤
2월의 잔설을 끌고
산길을 내려오는 스님을 보았네
적막을 밀치고 오는 고랑 깊은
맑은 눈빛 속에서

동백이 피는지
동백이 지는지
숲이 후드득 흔들리는데

얼굴 붉어져
외면하는 옆으로
젊은 스님 합장하고 가네
선운사 숲 통째로
고요의 탑을 쌓아 놓고

선운사 꽃 피기도 전
툭툭 꽃 지는 소리로 울리고
　　　　　—「선운사에서」 전문

　이 시는 "고요의 탑"을 노래하고 있다. "산길을 내려오는
스님"은 아마도 토굴이나 암자에서 동안거를 마치고 돌아
오고 있는 듯하다. 인적이 드문 깊은 자연 속에서 도량을 닦
던 "스님"의 "맑은 눈빛에서"는 "동백"의 "숲이 후드득 흔
들리"고 있는 것처럼 보인다. "스님"과 "숲"이 하나가 된 모
습이다. 그 곁으로 "젊은 스님 합장을 하고 가"고 있다. 이
러한 "선운사"의 풍경은 속세의 인간이 만드는 것이 아니
다. 자연과 하나로 살아가는 "스님"들이 "고요의 탑을 쌓아
놓"은 모습이다. 그곳은 꽃이 피고지는 지상의 법칙도 넘어
서는 탈속의 공간으로서 "꽃 피기도 전에/ 툭툭 꽃 지는 소
리로 울리고" 있는 곳이다. 이렇듯 자연과 함께 삶의 상처
를 넘어서고자 하는 마음은 "바람에 길이 들은 오랜 상처 자

국에/ 밤새 달빛이 손을 얹고 있다// 신화로 물든 밤은 짧아지고/ 적요가 천혜향처럼 서서히 번지는 애월"(「애월에서」 부분)과 같은 시구에도 드러난다. "오랜 상처 자국"을 "애월"의 "달빛"으로 위무 받고 있는 것이다. 또한 "낮은 별이 들어와 보이는 저녁에는/ 슬픔이 뼈를 베고 누워 있던 어둠이 일어나/ 뒤우뚱 걸음으로 별빛 속 산책도 다니다/ 고요와 더불어 숲속에서 절뚝거린다"(「밥그릇 무덤」 부분)라는 경지의 발견과도 무관하지 않다. 삶의 상처를 초극하기 위해 삶과 죽음의 경계마저도 넘어서는 "고요"의 경지를 발견하고 있다. 이것 역시 탁경자 시가 궁극적으로 추구하는 상처의 역설, 시의 역설을 구성한다.

탁 경 자

탁경자 시인은 전남 광양에서 출생했고, 중앙대학교 예술대학원 전문가 과정을 수료했고, 2017년 계간시전문지 『애지』로 등단했다.
상징과 은유는 최고급의 수사법이며, 깊고 뛰어난 성찰과 인식의 힘이 없으면 그 수사법은 이미 그 효과를 발휘할 수가 없다. 탁경자 시인의 첫 시집인 『어초장』은 상징과 은유의 수사법을 가장 잘 활용하는 시인으로서, 이형권 교수의 표현대로 "이 세상의 삶의 상처를 위한 응시와 역설의 노래"라고 할 수가 있다.

이메일 tak5708@hanmail.net

탁경자 시집
어초장

발   행   2023년 12월 25일
지 은 이   탁경자
펴 낸 이   반송림
편집디자인   반송림
펴 낸 곳   도서출판 지혜, 계간시전문지 애지
기획위원   반경환
주   소   34624 대전광역시 동구 태전로 57, 2층 도서출판 지혜
전   화   042-625-1140
팩   스   042-627-1140
전자우편   eji@ji-hye.com
            ejisarang@hanmail.net
애지카페   cafe.daum.net/ejiliterature

ISBN   979-11-5728-530-3 03810
값   10,000원